# Nos chansons enfantines

## Savoie Mont Blanc

CW00840148

R. HOOD

édition 2021

Email : r.hood.edition@gmail.com

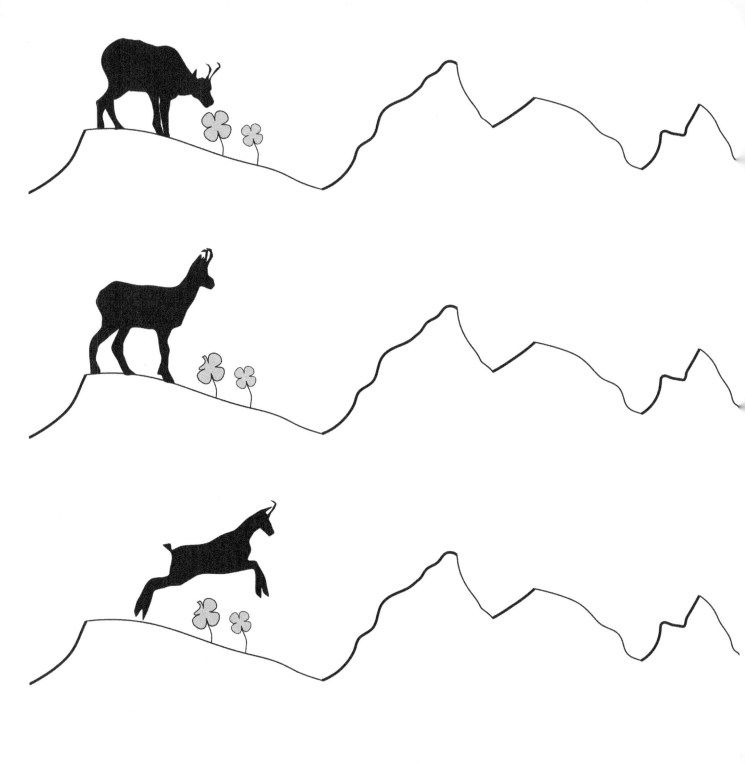

# Un chamois sur un rocher

sur l'air de "une poule sur un mur" ♫

Un chamois sur un rocher

Qui grignote quelques trèfles

Grignoti, Grignota

Lève la tête

et puis s'en va.

# Les marmottes

sur l'air de "frère Jacques" ♫

Les marmottes, les marmottes,

Dormez-vous ? Dormez-vous ?

L'hiver s'achève ! L'hiver s'achève !

Psst, psst, psst. Psst, psst, psst.

# Un dahu d'alpage

sur l'air de "une souris verte" ♫

Un dahu d'alpage

De type lévogyre,

Je l'attrape en image,

Ca me fait un souvenir,

Pattes plus courtes à gauche,

Pattes plus longues à droite,

S'il fait demi-tour,

Il faudra avertir les

Secours !

Je le suis vers la face nord

Il me dit

Que je suis fort.

Je le suis vers le sommet

Il me dit

Que c'est parfait.


J'tourne la tête vers une marmotte,

Il me fait trois petites crottes.

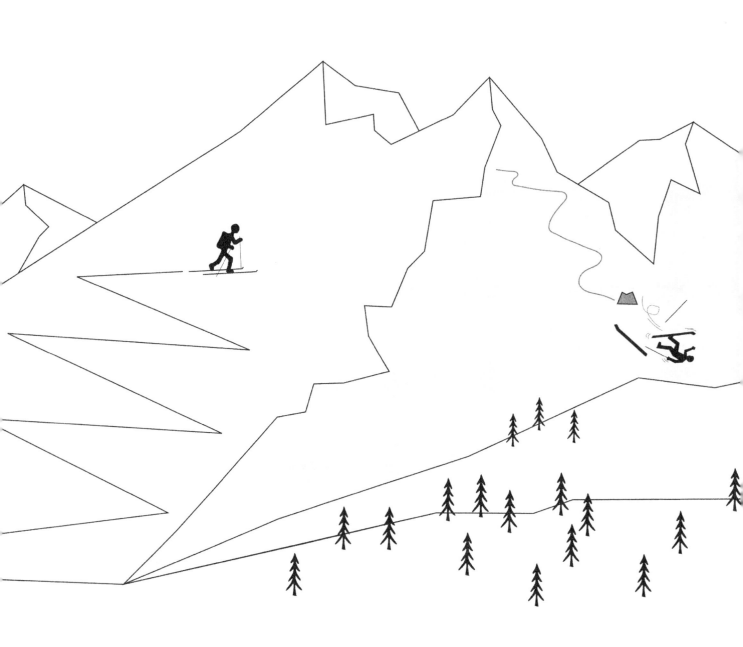

# Mes skis sur peaux

sur l'air de "bateau sur l'eau" ♫

Mes skis sur peaux

La montagne la montagne

Mes skis sur pow

Un rocher et boum

Monchu


Mes skis sur peaux

La montagne la montagne

Mes skis sur pow

Un rocher et boum

Monchu

# Le toit de l'Europe

sur l'air de "au clair de la lune" ♫

Le toit de l'Europe,

Je suis toujours blanc.

C'est moi la plus haute,

De tout l'occident.

Beaucoup de courageux,

Ont fait l'ascension.

Quatre mille huit cents mètres,

Et quelques Piémonts.


Le toit de l'Europe,

Blanc est mon sommet

Voie normale au top,

C'est l'heure du Goûter.

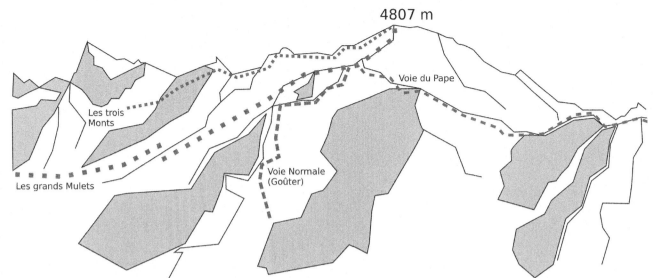

4807 m

Voie du Pape

Les trois
Monts

Voie Normale
(Goûter)

Les grands Mulets

Une autre variante,

Peuterey boul'vard.

L'ascension gagnante,

Balmat et Paccard.


Du toit de l'Europe,

Coule la Mer de Glace.

Chaleur, atmosphère,

Déjà la menace.

Roule sous les marmottes,

Le plus court chemin.

Ici c'est la botte,

Voisins transalpins.


Le toit de l'Europe,

Mont-Blanc le fameux.

# Promenons nous dans les Bauges

sur l'air de "Promenons nous dans les bois" ♫

Promenons nous dans les Bauges

Les paysages sont grandioses

Si tu veux bouger

Nous pouvons marcher

Si tu veux manger

Fromage de Tamié

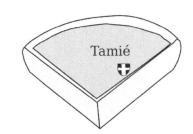

Le vois-tu ?

Tout pointu,

Qu'est-ce que c'est ?

Le mont Colombier !

2045 m

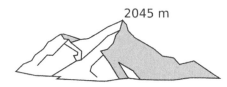

Promenons nous dans les Bauges

Les paysages sont grandioses

Si tu veux bouger

Nous pouvons skier

Sinon on consomme

Une excellente Tome

Le vois-tu ?

Tout pointu,

Mais c'est quoi ?

Le mont Margériaz !

1845 m

Promenons nous dans les Bauges

Les paysages sont grandioses

Si tu veux bouger

Nous pouvons voler

Sinon on dépouille

La fameuse Matouille

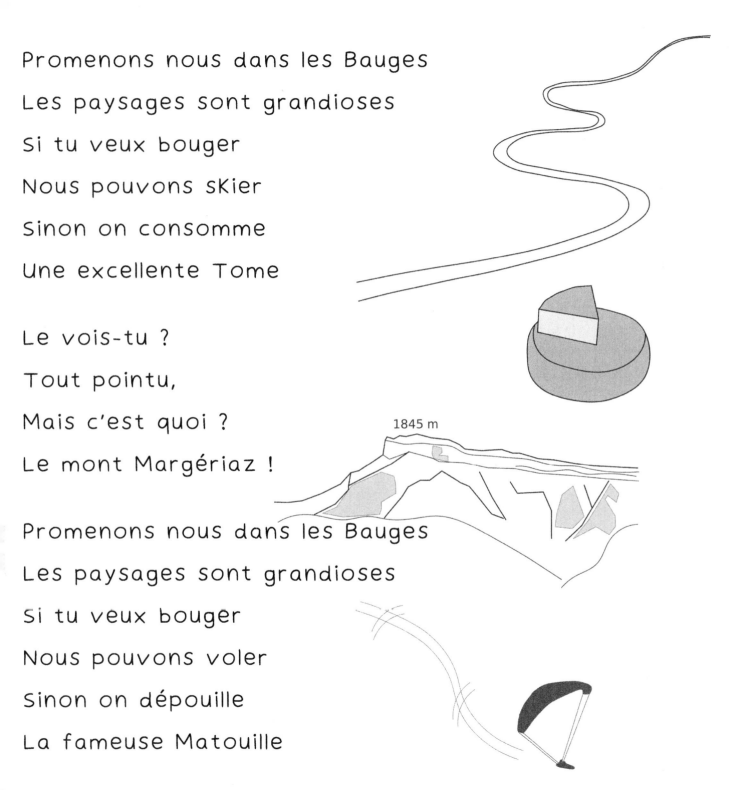

Le vois-tu ?

Tout pointu,

Un perchoir,

C'est le mont Revard !

Promenons nous dans les Bauges

Les paysages sont grandioses

Si tu veux bouger

Nous pouvons rouler

Pour du culinaire

Cherchons la fruitière

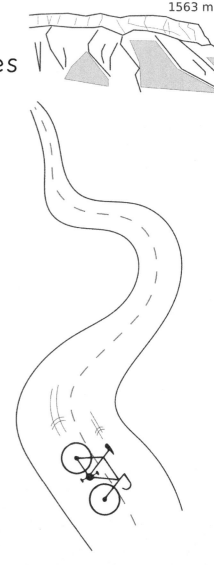

1563 m

Le vois-tu ?

Tout pointu,

Le plus haut,

Le mont Arcalod !

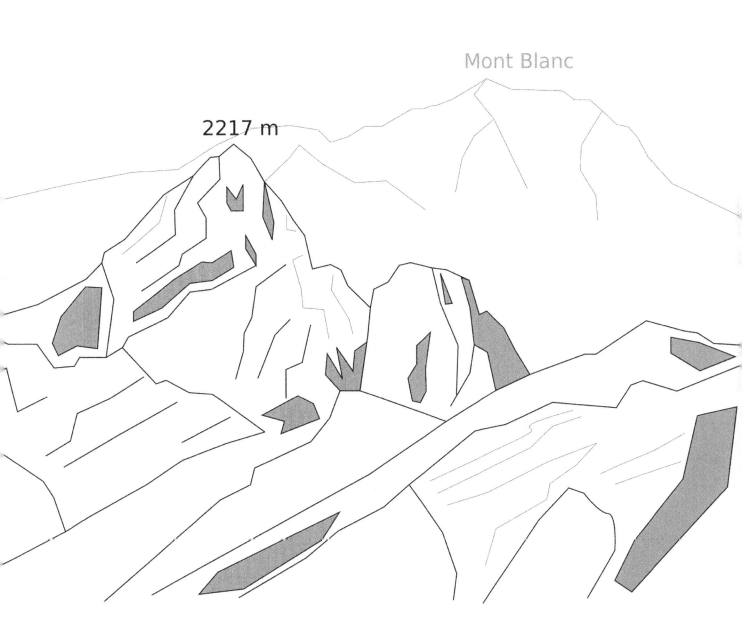

# Grimpe, grimpe, sur la paroi

sur l'air de "tourne, tourne, petit moulin" ♫

Grimpe, grimpe, sur la paroi

(Faire le geste d'escalade avec les mains)

Monte, monte, en Haute-Savoie

(Faire le geste de la marche avec deux doigts)

Glisse, glisse, avec ton snow

(Faire le geste du snowboard qui glisse avec la main)

Roule, roule, petit vélo

(Faire le geste du pédalier qui tourne avec les mains)

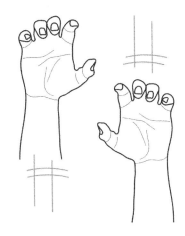

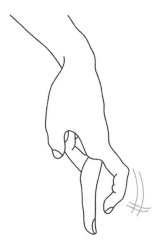

Sur la paroi t'as bien grimpé

En Haute-Savoie tu es monté

Avec ton snow t'as bien glissé

Petit vélo a bien roulé

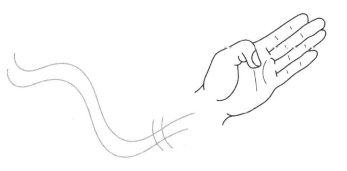

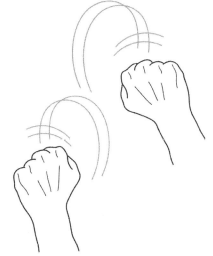

# Il était un petit rapace

sur l'air de "il était un petit navire" ♫

Il était un petit rapace

Il était un petit rapace

Qui n'avait ja, ja , jamais survolé

Qui n'avait ja, ja , jamais survolé

Sentier, rocher ....


Fais-y, fais-y mon petit

Mon petit voles-y hors de ton nid

Fais-y, fais-y mon petit

Mon petit voles-y hors de ton nid

Il entreprit un long voyage

Il entreprit un long voyage

Traverser le, le, le lac du Bourget

Traverser le, le, le lac du Bourget

Jusqu'à Chambé ...


Fais-y, fais-y mon petit

Mon petit voles-y hors de ton nid

Fais-y, fais-y mon petit

Mon petit voles-y hors de ton nid

# Un chambérien qui se baladait

sur l'air de "un éléphant qui se balançait" ♫

Un chambérien qui se baladait

autour d'une croix, croix, croix,

croix du Nivolet,

C'était un jeu tellement,

tellement savoisien

Qu'il appela un deuxième chambérien

Deux chambériens qui se baladaient

autour d'une croix, croix, croix,

croix du Nivolet,

C'était un jeu tellement,

tellement savoisien

Qu'ils appelèrent un troisième chambérien

Trois chambériens qui se baladaient

autour d'une croix, croix, croix,

croix du Nivolet,

C'était un jeu tellement,

tellement savoisien

Qu'ils appelèrent un quatrième chambérien

Refrain :

Badoum badoum babadoum

badoum badoum badoum

Badoum badoum babadoum

badoum badoum badoum

# Fais dodo, Fafoi mon p'tit frère

sur l'air de "fais dodo Colas mon p'tit frère" ♫

Fais dodo, Fafoi mon p'tit frère

Fais dodo, t'auras des diots

Maman est au nant

Qui fait du vin blanc

Papa est au praz

Qui coupe du bois

Fais dodo, Fafoi mon p'tit frère

Fais dodo, t'auras des diots

Ta sœur est une sainte

Elle fait la polinte

Ton frère le bonhomme

Prépare de la tomme


Fais dodo, Fafoi mon p'tit frère

Fais dodo, t'auras des diots


Ton cousin Gaston

Fait le reblochon

Ta cousine Violette

Fait la tartiflette


Fais dodo, Fafoi mon p'tit frère

Fais dodo, t'auras des diots

Printed in Great Britain
by Amazon